58년 개띠

❙ 서 정 홍 시 집 ❙

58년 개띠 _{고침판}

보리

아름다운 세상을 꿈꾸며

밤늦도록 공장에서 일하고 돌아온 아내는 지쳐서 얼굴 씻기도 귀찮다며 그냥 자리에 눕습니다. 아내는 눕자마자 금세 잠이 들었습니다. 지쳐 잠든 아내의 얼굴을 바라보면서 나는 문득 삼십 년 전에 돌아가신 어머니 얼굴이 떠올랐습니다. 아내는 일만 하다가 돌아가신 어머니와 많이 닮았습니다. 가난한 사내를 만나 혼인한 지 이십 년이 지나도록 셋방살이 벗어나지 못하고 사는 아내와 어머니는 많이 닮았습니다.

나는 가난한 아버지를 닮아 가난하게 살고, 우리 아이들은 나를 닮아 가난하게 살고 있습니다.

가난을 벗어나기 위해 시를 쓴 것은 아닙니다. 가난을 벗어나려면 돈을 벌어야지, 시를 써서는 안 된다는 것쯤은 잘 알고 있으니까요.

나는 시를 쓰면서 돈보다 더 귀한 것을 깨닫게 되었습니다. 사람은 혼자서는 살 수 없다는 것을 알았고, 사람이 스스로 가난하게 살려는 마음이 없으면 남을 헐뜯고 속이며 살 수밖에 없다는 것을 알았습니다. 그리고 사람이 어떻게 살다가 어떻게 죽어야 하는지 조금이나마 깨닫게 되었고, '사람의 길'을 보게 되었습니다.

내가 시를 쓰는 까닭은 평등과 자유가 넘실거리는 아름다운 세상을 바라기 때문입니다. 아무도 가난하지 않고 아무도 부유하지 않고, 모두가 가난하면서도 모두가 부유한 세상을 바라기 때문입니다. 이 시집에 실린 시들은 자연과 사람이, 사람과 사람이 서로 나누고 섬기며 평화롭게 살았으면 좋겠다는 간절한 마음으로 쓴 것입니다.

《58년 개띠》 시집을 다시 내면서 초판에 실린 시들 가운데 몇 편은 새로 다듬거나 빼고, 그 뒤에 새로 쓴 시를 스무 편 남짓 넣었습니다. 그러나 첫 시집이라, 서툴면 서툰 대로 그대로 두는 것이 좋을 것 같은 곳은 거의 손대지 않았습니다.

서툴고 못난 이 시집이 땀 흘려 일하고 정직하게 살아가는 어머니, 아버지들과 아이들에게 작은 희망이라도 될 수 있다면 좋으련만…….

"희망이란 처음부터 있다고도 할 수 없고, 없다고도 할 수 없습니다. 그것은 마치 땅 위의 길과 같습니다. 처음, 땅 위에는 길이 없었습니다. 걸어가는 사람이 많아지자 그것이 곧 길이 된 것입니다.(루쉰)"

2003년 4월
서정홍

▌차 례 ▌

58년 개띠

제3부 이 시대를 사는 사람들

제4부 아내에게

제5부 아들에게

제1부 못난이 철학

나도 도둑놈

나보다 가난한 친구에게
술 한 잔 얻어 마시고 돌아서면
도둑놈 같다
내가.

못난이 철학 1

우리 집 밥상에
김치가 짜면
배추값이 올랐거나
살림살이 쪼들리는 줄 안다.

배추가 헐값인데
김치 짠 식당에 가면
주인이 돈벌이에 눈이 멀었거나
손님 우습게 보는 줄 안다.

못난이 철학 2

새벽 네 시
자다가 겨우 일어나
연탄을 갈면서
'언제 기름 보일러로 바꾸나.'
생각했다.

옆방에 사는
수정이 아빠도
연탄 갈면서
나와 똑같은 생각을 할까.

다
자기 집
기름 보일러 바꿀 생각만 할까.

못난이 철학 3

땅 한 평 방 한 칸 물려주지 않고
돌아가신 우리 어머니 아버지 덕에
가난한 이웃들과 땀 흘려 일하고
즐겁게 밥을 나누어 먹을 줄 알고
밤새도록 마음 나눌 줄 알고
큰 슬픔도 가슴에 품고 말없이 견딜 줄 알고
아무리 작은 일에도 고마워할 줄 알고

무엇보다 사람 귀한 줄 알고.

못난이 철학 4

집집마다 가게마다
혼인식장 장례식장 가리지 않고
종이꽃 플라스틱 꽃 피는 걸 보면서

꽃이 꽃이 아니라
꽃이 상품이 되고 난 뒤부터

아름다운 꽃을 보면
진짜 꽃인지 가짜 꽃인지
만지는 버릇 생겼습니다.

속지 말아야겠다고
어리석게 속고 사는 것도
죄가 되지 않겠느냐고.

목욕탕에서 1

내가 어릴 때
놀고도 배불리 먹고
떵떵거리며 사는
기와집 덕만이 아버지는
자지가 두 개인 줄 알았다.

으리으리한 기와집에서
비단옷과 털신을 신고
골목을 나설 때면
동네 어른들이 모두 굽실거렸다.
앞집 삽살개 알랑방귀뀌듯
그렇게 굽실거렸다.

그래서 나는
어릴 때부터 부자들의 자지는

두 개인 줄 알았다.
가난한 사람들과는 뭔가 한 군데쯤
다를 것이라 생각했기에.

그런데
아랫마을에 공중 목욕탕이 생긴 뒤
설날을 하루 앞두고
목욕탕에서 만난
덕만이 아버지의 자지는
한 개였다.
그것도 아주 볼품 없는.

목욕탕에서 2

나는 아직까지
한 번도 자동 등밀이 기계 앞에
앉아 본 일이 없다.

곁에 있는 이웃이
"등 밀어 드릴까요?" 물으면
"제가 먼저 밀어 드리겠습니다." 했다.
서로 등을 밀어 주면서
이런저런 얘기도 나누었다.
예전에는 그랬다.

오늘은 곁에 있는 이웃에게
"등 밀어 드릴까요?" 물으니
태어나 처음 보는 사람처럼
힐끔 쳐다보더니

촌사람 다 봤다는 듯
등밀이 기계를 가리키며
"아까, 밀었는데요." 한다.

예전에 느꼈던 따스한 정들은
기계가 모두 거둬 가고
가려운 등에서 쉴새없이
땀만 흐른다.

시인에게 1

참 오랜만에
친구에게 시집 한 권 선물 받았다.

이 시집에는 어떤 시들이 있나
혹시나 들여다보니
역시나 알 수 없는 내용뿐

시 한 편 이해하기 위해
아까운 시간 다 빼앗기고
끝내 반의 반도 읽지 못하고
책꽂이에 꽂아 놓았다.

도대체 알아먹지 못하는
내가 무식한가
알지 못하게 써 놓은

시인이 무식한가.

누구 한 사람 거들떠보지도 않는
그런 시집들
여기저기 꽂혀 있다.

시인에게 2

이제는 시도 상품이다.
텔레비전 라디오 신문마다 떠들어야
돈이 된다, 시가 된다.

돈으로 풀칠을 해야
상품이 된다, 시가 된다.

시인은 상품을 만든다.
해는 있고 볕이 없는
달은 있고 빛이 없는
시는 있고 사랑이 없는

시인은 밤새 시를 다듬고 고치고
그러다 날이 새면 개가 된다.
자본가에게 꾸벅꾸벅 머리 조아리는

그래야만
상품이 된다, 돈이 된다
시가 된다.

우리말 사랑 1

자고 일어나
달리기를 하면 발목 삘까 봐
조깅을 한다.
땀이 나
찬물로 씻으면 피부병 걸릴까 봐
냉수로 샤워만 한다.
아침밥은 먹지 못하고
식사만 하고
달걀은 부쳐 먹지 않고
계란 후라이만 해 먹는다.

일옷은 입지 않고
작업복만 골라 입고
일터로 가지 않고
직장으로 가서

일거리가 쌓여 밤샘일은 하지 않고
작업량이 산적해 철야 작업을 하고
핏발 선 눈은
충혈된 눈이 되어 집으로 돌아가면
아내는 반찬을 사러
가게로 가지 않고
슈퍼에 간다.

실컷 먹고 뒤가 마려우면
뒷간으로 가지 않고
화장실에 가서
똥오줌은 누지 않고
대소변만 보고 돌아와
오랜만에 아내와 마주 앉아
애기를 나누다 잠이 들면 될 텐데

와이프와 마주 앉아
대화를 나누다 잠이 든다.

우리말 사랑 2

이렇게 써 봐요.
애수니 비애니 그러지 말고
그냥 슬픔이라 쓰세요.
환희니 희열이니 그러지 말고
그냥 기쁨이라 쓰세요.
헤어져서 다시 만나면
상봉이니 조우니 해후니 그러지 말고
그냥 만났다고 쓰세요.
만나서 헤어지면
이별이니 별리니 뭐니 그러지 말고
그냥 헤어졌다고 쓰세요.

우리말 사랑 3

내가 아는 어느 시인은
벗이 일을 하다가
등뼈를 다치면
작업 도중에
척추를 다쳤다고 쓴다.
그 뒤 날마다 병원을 찾아가자더니
그 후 매일 병원을 방문하자고 쓴다.
병원을 찾아가다가
차 발통에 구멍나면
타이어 펑크났다고 쓰고
오래도록 입원해야 하니까
한 사람씩 돌아가며 돌보자더니
장기간 입원해야 하니까
개인적으로 순번을 정해 간호하자고 쓴다.
허리뿐 아니라

다른 여러 가지 병으로 벗이 죽자
합병증으로 사망했다고 쓴다.
그런 식으로 시를 써 놓고
시집 팔리지 않는다고 걱정이다.
사람들 마음이 메말랐다고 야단이다.

우리말 사랑 4

가난하고 못 배운 사람들 죽으면
사망했다 하고
넉넉하고 잘 배운 사람들 죽으면
타계했다
별세했다
운명을 달리했다 하고
높은 사람 죽으면
서거했다
붕어했다
승하했다 한다.

죽었으면 죽은 거지
죽었다는 말도
이렇게 달리 쓴다, 우리는

나이 어린 사람이면 죽었다
나이 든 사람이면 돌아가셨다
이러면 될걸.

십자가 1

달동네에서
도시의 밤을 내려다보면
발갛게 빛나는 십자가들

누가 만들었을까?
저 많은 십자가들

낡은 겉옷 사이로
겨울 바람 비집고 들어오는
오늘 같은 밤에
저 높은 십자가는
누구를 위해
긴긴밤을 무리지어 밝히는지
그 누가 알까.
바람이나 알까.

십자가 2

모두들
제 십자가를 지고
교회에 들어간다.

모두들
제 십자가를 버리고
집으로 돌아간다.

커다란 교회에
무거운 십자가만
잔뜩 쌓아 놓고.

기다리는 시간

나는
사람을 기다리는 시간이 좋다.

사람을 기다리다 보면
설레는 마음
시간 가는 줄 모른다.

만나기로 한 사람이 오지 않으면
여러 가지 까닭이 있겠지 생각한다.

내가 사람들에게
마음놓고 베풀 수 있는 것은
사람을 기다려 주는 일

내가 사람들에게

마음놓고 베풀 수 있는 것은
다음에 또 기다려 주는 일

나는
사람을 만나는 일보다
사람을 기다리는 시간이 좋다.

제 2부 58년 개띠

58년 개띠

58년 개띠 해
오월 오일에 태어났다, 나는

양력으로는 어린이날
음력으로는 단옷날

마을 어르신들
너는 좋은 날 태어났으니
잘 살 거라고 출세할 거라고 했다.

말이 씨가 되어
나는 지금 '출세' 하여
잘 살고 있다.

이 세상 황금을 다 준다 해도

맞바꿀 수 없는
노동자가 되어
땀 흘리며 살고 있다.

갑근세 주민세
한 푼 깎거나
날짜 하루 어긴 일 없고
공짜 술 얻어먹거나
돈 떼어먹은 일 한 번 없고

어느 누구한테서도
노동의 대가 훔친 일 없고
바가지씌워 배부르게 살지 않았으니
나는 지금 '출세' 하여 잘 살고 있다.

작업복 팬티

공장 탈의실 옷걸이에 낡은 깃발처럼 걸린 누런 팬티는, 주조 공장 성철이 일할 때 갈아입는 작업복 팬티다. 새 팬티 입으나 누런 팬티 입으나 공장에 들어가자마자 쇳가루 흙먼지투성이 될 게 뻔하다고, 자주 빨아도 아무 소용 없다고, 아무렇게나 걸어 둔 성철이 작업복 팬티다. "성철아, 그래도 불알과 자지는 쇳가루 흙먼지 못 들어가게 잘 닫아 둬라. 사용자 잘 만나서 토끼 같은 새끼도 낳아야 하고……." 아침부터 누런 팬티 하나 쳐다보며, 우린 입이 귀에 걸리도록 웃고 또 웃어도 마음이 아프다.

새벽 출근길에

저 사내도 나처럼 공장일 바빠서
새벽부터 일하러 가는가 보다.
작업복 어깨 아래 붙은 야광줄이
어스름한 골목길 훤히 밝히고

공단 아파트 사이로 걸어가던 사내는
갑자기 담벼락에 서서
앞뒤 돌아보지도 않고 오줌을 눈다.
날이 밝으면 어디 부끄럼 없이
그것을 내놓고 오줌 눌 수 있는 곳이던가.

겨울 새벽 찬바람에 몸을 바르르 떨더니
불알이 얼까 얼른 바지를 끌어올리는 사내
나처럼 자식새끼 먹여 살리기 위해
물 한 잔 마실 겨를도 없이,

마음놓고 오줌 눌 겨를도 없이,
옷만 갈아입고 용수철처럼 뛰쳐나왔을 것이다.

보험 회사에서 자전거 한 대 값도 안 된다는
팔십팔년산 엑셀 차에 앉아
나는 그 사내가 오줌 다 눌 때까지
시동 걸지 못하고 기다렸다, 기다려 주었다.
아무리 바쁘더라도
오줌이나 천천히 누고 가라고.

특근하는 날

창원 공단 차룡 단지
작은 공장들 모여 있는 곳
일요일 점심 시간
식당에는 평일처럼 줄이 이어졌다.

여기저기 작은 공장마다
밥 먹으러 나온 동지들 작업복에
덕지덕지 눌어붙은 기름때가
겨울 햇살에 눈이 부시다.
노총각 사상공 종근이 형 바지는
기름때가 두꺼운 누룽지처럼 눌어붙어
더더욱 눈이 부시다.

오늘은 특근하는 날
점심 시간은 삼십 분

밥 먹고 담배 한 대 입에 물고,
술값 내기 족구 한 판 하려면
밥 한 그릇 비우는 데 오 분도 길다.

담배, 다시 피우는 까닭

세금 적게 들어오더라도 담배 피우지 않는 것이 좋다고 대통령이 말하기 전부터, 성철이 형은 잘 알고 있다. 담배가 얼마나 몸에 해로운지. 삼 년 전, 한 푼이라도 아껴서 쪼들리는 살림에 보탤 거라고 끊었던 담배, 다시 피우는 까닭은 쪼들리는 살림, 날이 갈수록 더 쪼들려 아무리 허리띠 졸라매고 허덕거려도, 허리띠 늦추고 살 낌새가 안 보였기 때문이다. 하루 열두 시간, 꼼짝 못 하고 기계 앞에 서서 다리 아프면, 담배 피우는 핑계로 잠시잠시 쉬고 싶었기 때문이다.(아직까지 우리 사회는 다행스럽게 작업 시간에 담배 피우면 아무도 노는 것으로 여기지 않는다. 잠시 쉬는 것으로 생각한다.) 나이 쉰 살, 성철이 형은 서서 오줌 눌 틈도 없이 아무리 쌔빠지게 일해도, 새파란 젊은이들처럼 정해진 작업량을 맞추기 힘들었기 때문이다. 다리 아파 잠시 쉬

고 있으면 젊은 반장 과장놈 찾아와 그렇게 힘들면
그만두라고, 모집 공고만 붙이면 일할 사람들이 줄
을 서서 기다린다고, 겁을 주었기 때문이다.

하루하루 살아남기 위해서
형은 다시 담배를 피운다.
묻지 마라, 두 번 다시는 묻지 마라.
담배가 얼마나 몸에 해로운지
대통령이 말하기 전부터
성철이 형은 잘 알고 있다.

망가진 기계

우리 동무 진욱이는 회사에서 주는 작업복을 입고, 회사에서 주는 안전화를 신고, 회사에서 주는 밥을 먹고, 회사에서 시키는 대로 일을 하면서, 이십년을 한 회사에 다녔다. 잔업하라고 하면 잔업하고, 특근하라고 하면 특근하고, 철야 작업하라 하면 철야 작업하고, 일밖에 모르고 살았다. 오래된 기계 망가지듯 양쪽 콩팥이 다 망가지는 줄도 모르고 기계처럼 살았다.

하루에도 몇 번씩 피를 넣지 않으면 살 수 없는 신부전증 환자가 되기까지, 우리 동무 진욱이는 자랑스런 대기업 노동자였다. 기계 앞에 매미처럼 붙어서 일을 할 때는 이 땅의 주인인 노동자였다. 일에 지쳐 망가진 콩팥으로 어렵게 어렵게 대법원까지 갔는데도 산재 보험 처리되지 않고, 아무도 거들떠보지 않는 지금은 고철통에 버려진 녹슨 쇳덩어리다.

갈 곳이 없다더니

전라도 경상도 가리지 않고
공사장 일거리 찾아 돌아다닌 지
이십 년째라던 김씨
간암 진단 받자마자 다른 병까지 겹쳐
비싼 치료비로 집안 살림 거덜나고
시내에서 산동네로 전세방에서 사글세방으로
사글세방에서 더 이상 갈 곳이 없다더니

못 배우고 가난한 사람들은
아플 짬도 없이 바쁘게 살다가
아무도 모르게 죽어야 한다더니

죽는다는 게, 말처럼
그리 쉬운 일이 아니라고
사는 것만큼 어려운 일이라고

눈물 쏟아 내던 김씨,
하늘로 갔다.

더 이상 갈 곳이 없다더니.

세상 이야기 10
— 막노동꾼 박씨

이 사람아
내 말 좀 들어 보게.
시상천지에 경력 쌓이고 나이 들수록
임금 적어지는 사람은
막노동꾼말고 또 어디 있는가.
세월 갈수록 몸뚱이 병들고 오라는 곳 없고
돌아갈 고향도 논밭 한 뙈기도 없는디
나이 들고 직업 바꾸기가 그리 쉽던가.
그러나 말이야 바른 말이지
우리가 아니면 누가,
어느 누가 이렇게 힘들고 험한 일 하겠는가.
이 사람아
자네는 신가 뭔가 쓴다믄서

나 이대로 살다가 병들고 꼬꾸라지더라도

경력 쌓이고 나이 들수록
임금 적어지는 사람은
시상에 막노동꾼밖에 없다고 기록해 두게.
집 짓고 공장 짓고 길을 내는
막노동꾼 이야기 말이여.
꼭 기록해 두어야 쓰겄네.
뒷날
우리 아이들이 읽고 쓰고 배우는 책 속에도
내 이야기가 나왔으면 쓰겄어.

차이 1

한 달 일을 하면
한 달을 먹고살 수 있는
우리는

한 달만 벌면
십 년, 백 년을
먹고살 수 있는
사장님과
똑같이
하루 세 끼를 먹고
뒷간으로 간다.

차이 2

공고 실습생 찬이 녀석
다 해진 장갑 속에 내비친
기름 묻은 손가락을 보고
마음이 아픈 우리는
태어날 때부터
간이 콩알만 했나 보다.

촌에서 올라온 석이 녀석
천장 크레인이 떨어져
머리통이 깨져도
눈도 꿈쩍 안 하는
우리 사장님은
태어날 때부터
간덩이가 컸나 보다.

선반공의 봄날

봄날은 간다.

목구멍에 붙은

쇳가루 기름때 벗긴다고 먹은

돼지 삼겹살과 소주에 취해.

어찌 이런 일이

셈하고 구별하기 즐기는
모진 자본가들은
기계 부품 품질 검사하듯
노동자들을 갈라 놓는다.

늙은이와 젊은이를 가르고
남자와 여자를 가르고
생김새와 몸매를 가르고
학벌과 능력을 가르고
자격증 1급 2급을 가르고
작업 성적에 따라
A, B, C, D급으로 가르고
현장 노동자와 사무실 노동자를 가르고
조장과 반장을 가르고
과장과 부장을 가르고

쓸모 없으면
낡은 기계 부품 버리듯
내던져 버리고.

작업 일지

1월 4일. 조금 흐림.
용접 연기가 자욱하게
일터를 뒤덮었다.
따가운 눈을 비비면서도
아무도 창문을 열지 않았다.
겨울 바람이 무서운 탓인가.
매캐한 용접 연기에 취한 탓인가.

1월 5일. 많이 흐림.
일터에 걸려 있는
거울 속에 비친 나를 보았다.
거울이 나를 보았다.
우린 서로 약속이나 한 듯
서로 웃고 있었다.
주어진 일거리를 다 하기 위해

기계처럼 굳어 버린
쇳가루투성이 얼굴을 바라보며.

1월 6일. 때아닌 비가 내림.
실습생 현수의 왼쪽 발목이
낡은 기계에 휘말려 잘렸다.
모두들 놀란 토끼 눈으로
잠시 웅성웅성거리다가
또다시 기계처럼
일을 하고 있었다.
눈물이 손등에 뚝 떨어졌다.
현수의 발목이 불쌍해서인지
쉴새없이 움직이고 있는
내 손이 부끄러운 탓인지
눈물이 손등을 타고 흘러내렸다.

1월 7일. 내리던 비가 그치고 맑게 갬.

비는 그칠 줄 모르고

더욱 세차게

낡은 창문을 두드리고 있었다.

어저께 현수가 일하던

피 묻은 기계 위에서

피가 떨어지듯

비가 뚝뚝 떨어졌다.

그 둘레로 사람들이 모여들었다.

한 사람, 두 사람, 세 사람……

많이도 모였다.

오늘은 아무도

무거운 안전모를 쓰지 않았고

주어진 일거리를 다 하기 위해 걱정하지 않았다.

우린 오랜 시간을 그렇게 서 있었다.

그리고 입술을 깨물었다.
눅눅한 일옷 속에서 꺼낸
담배 한 개비를 물고
안전화 끈을 질끈 동여매며
창 밖을 보니
무겁던 잿빛 구름이 걷히고 있었다.

모기

1
튼튼한 내 피 냄새를 맡고
그놈은 긴 여름 밤을
내 곁에서 잠시도 떠날 줄 몰랐다.

그놈한테 내 소중한 피를
뺏기지 않기 위해,
때만 노렸다가 제 배를 채우려는
그놈 버릇을 고치기 위해
나는 깊은 잠 들지 못하고

그놈은 이런 나를 기다렸다는 듯
내 몸 구석구석을 더듬고
내 마음을 어지럽히고
밤새 윙윙거리다 지쳐 꺼꾸러진다.

2
내가 밤새 잠들지 않고
깨어 있을 때에도
그놈은 또다른 밤을 기다리며
습기 찬 어느 천장에 붙어서
몸을 도사리고 있을 것이다.
그놈은 내가 지쳐 쓰러질 때만을 기다리며
나를 노려보고 있을 것이다.
내 피를 빨아
제 배를 채우려는 그놈을
완전히 때려눕히기 전까지는
나는 뜬눈으로라도
꼭두새벽을 기다려야 하리라.

다시 공장에서

80년대, 창원 공단에서
함께 일하던 동환이
90년대, 서로 헤어졌다가
새 천년 들어
다시 창원 공단에서 만났다.

나이보다 먼저 잔주름 늘더니
흰머리가 반쯤 머리를 덮고
20대에서 40대가 된 나를
한눈에 척 알아보는 동환이

어느 공장에서
어느 공장으로 옮겨 다니다가
여기까지 흘러왔는지
묻지 않아도 우린 안다.

어떻게 살았는지
말하지 않아도 훤히 안다.

이것저것 따지지 않고
앞뒤 잴 것도 없이
몸뚱이 하나로 살아가는 우리.

통근 버스

자가용 타고 다니면 자동차세 내야지요.
책임 보험 종합 보험 내야지요.
도로 나가면 도로세 내야지요.
까딱 잘못하면 교통 위반 벌금 나오지요.
시동만 걸어도 기름값 들지요.
때때로 수리비 들지요, 세차비 들지요.
달릴 때마다 배기 가스 뿜어 대며
숱한 생명들 못살게 굴지요.

나를 타고 다니면
아침마다 일하러 가자고 태우러 가지요.
저녁마다 집까지 태워 주지요.
차 안에서 팔자 늘어지게 졸아도 되지요.
하루 일 마치고 나면, 눈치 살피지 않고
동료들과 술 한 잔 나눌 수 있지요.

이렇게 편하고 신나는 일이 많은데
사람들은 나를 싫어해요.
사람들은 나를 헌신짝처럼 버렸어요.

김씨 이야기

어젯밤에
파란 대문 집 지하 골방에 세들어 사는
김씨가 죽었습니다.
전세 오십만 원
월세 칠만 원짜리 단칸방에서
중학교와 초등 학교에 다니는
아들딸과 함께
방 안에 연탄불 피워 놓고 죽었습니다.

서울 가서
돈 많이 벌어 돌아온다던 아내는
벌써 삼 년째 소식 없고

낡고 녹슨 손수레를 보물처럼 끌며
남새 장사 과일 장사 가리지 않고

시장 바닥 헤매던 김씨가 죽었습니다.

자식새끼만큼은 고등 학교 졸업시켜
큰 회사라도 취직시켜 주고 죽어야
아비 된 도리 다한다며 버릇삼아 얘기하던
시름 겨운 김씨가 죽었습니다.

"열심히 살려고 무척이나 애썼습니다. 집주인이
지하 골방을 수리한다며 비워 달라기에, 하루 벌어
하루를 살아가는 못난 이 아비는 보름째 장사도 못
한 채 방을 구하러 다녔으나, 우리 세 식구 반겨 줄
방은 없었습니다. 오를 대로 오른 방세를 생각하니
이제 자식 공부시킬 걱정보다는 하루 벌어 방세 낼
걱정이 앞섭니다. 자식새끼에게 지긋지긋한 이 가
난만큼은 물려주고 싶지 않아, 모든 것 잊고 자식

새끼와 함께 떠납니다. 뒷날 서울 간 애들 어미가
돌아오면……."

　김씨가 죽기 전에 써 놓은 편지를 읽으며
　마을 사람들은 온통 눈물바다를 이루었습니다.
　억순이네도 감천댁도
　이발소 박씨도 이렇게 훤한 대낮에
　부끄럼 없이 울고 또 울었습니다.

　김씨는 가까운 우리 이웃입니다.
　젊어서 열심히 일하지 않으면
　늙어서는 저렇게 자식까지 고생시킨다고
　우스갯소리로 떠벌린 말들이
　김씨를 죽였는지 모릅니다.
　라면을 즐겨 먹는 김씨네 애들에게

라면 회사와 자매결연 맺었느냐고
농담삼아 지껄인 말들이
그이들을 죽였는지 모릅니다.

아!
우리 모두 함께 죽어야 합니다.
자신의 편안함을 지키기 위해
가까운 이웃도 돌보지 못한
사람답지 못한 양심들이 함께 죽어야 합니다.

살아오는 동안
남에게 거짓말 한 번 하지 못하고
일어설 힘만 있으면
게으름 피우지 않고 살아왔다는
김씨 장례식날

구멍가게 꼬부랑 할머니는
조금 더 꿋꿋하게 살지 못하고
죄 없는 애들까지 죽인
못난 아비라고 구시렁거리고

파란 대문 집 주인은
친목계에서 진해 벚꽃 놀이 간다고
자가용 타고 바람처럼 사라지고

다시는, 이제 두 번 다시는
가난 때문에 죽지 않아도 될 그런 곳으로
김씨는 자식새끼 손 잡고
훨훨 먼길을 떠났습니다.

제3부 이 시대를 사는 사람들

가음정 시장에서

남새 가게 늘어선 길가에
종이 상자 아무렇게나 찢어서

파 한 단 오백 원

삐뚤삐뚤 써서 세워 둔 가격표가
비바람에 떠밀려 날아가더라.

지나가던 젊은이
비바람에 뒹구는 가격표를 주워서
제자리에 세워 두고 가더라.

파뿌리보다 더 늙은 주인 할머니
꾸벅꾸벅 졸고 있더라.

이 시대를 사는 사람들

옆집에 누가 사는지도
모르는 사람들이
할아버지가 되고
할머니가 되고
아버지가 되고
어머니가 되고
아들이 되고
딸이 되고

이런 사람들이
소설을 쓰고
시를 쓰고
사람을 가르치고
나라를 다스리고

이런 사람들이
사람 노릇을 하고
이름을 날리고.

그 때 그 집

마산 월영 초등 학교 가는 길, 산동네 걸어서 걸어서 내려오면 목이 아프도록 올려다보아야 하는 집 한 채 있었습니다. 담장이 어찌나 길고 높은지 그 집 지나칠 때마다 누가 사는지 참 궁금했습니다. 누구는 시장 집이라 하고 누구는 국회의원 집이라 하고 아무튼 그 집에 높은 사람 산다고, 가까이 가면 절대 안 된다고 했습니다. 하루는 동무들과 장난삼아 그 집 가까이 갔다가 개 짖는 소리 어찌나 크던지 놀라서 자빠질 뻔했습니다. 우린 그 뒤로 그 집 가까이 가지 않았고, 그 집 옆을 지나올 때마다 똥개 사는 집이라고 침을 뱉었습니다. 그 때 그 집,

삼십 년 지난 지금도 그대로 있습니다.

소문

1
죽어 봐야 저승을 안다고
떠들어 대던 욕심쟁이 사장이
어젯밤에 심장마비로 죽었다.

재산 모은 만큼 죄도 함께 쌓여
재산은 한 푼도 못 가져가고
무거운 죄만 잔뜩 짊어지고 갔다고
동네방네 소문이 쫙 퍼졌다.

2
돈은 개같이 벌어
정승처럼 써야 한다고 중얼거리던
페인트공 김씨가
어젯밤에 연탄 가스 중독으로

죽었다.

땀 흘려 번 재산
차곡차곡 모일 새 없이
불쌍한 이웃 모두 나누어 주고
아무런 바람 없이 나누어 주고
욕심쟁이 사장과 같은 날 밤에
죽었다.

스스로 가난하게 살아온 만큼
재산은 한 푼도 가져간 것 없고
남에게 베푼
사랑만 가져갔다고
동네방네 소문이 쫙 퍼졌다.

책방에서

한껏 매무새 다듬고
잘 봐 달라며
얼굴을 내미는
책들을 본다.

여러 빛깔이 번쩍번쩍
눈이 부시다.

책 한 권 고르기 위해
책 속에 있는
여러 작가들을 만난다.
거창한 약력도 눈여겨본다.

글을 쓰기 위해
남모르게 흘린 땀이야

내 어찌 다 알 수 있으랴마는
어떤 소설가는
87년, 민주로 가는 큰 싸움에서
최루탄 냄새 한 번 맡지 않고
상하권 소설책을
감동 있게 잘 그려
집도 사고 장가도 들어
돈방석에 앉았다는데

어떤 시인은
참민주주의를 외치던 사람들을
개돼지처럼 다루던 군부 독재 시절에
달콤하고 아름다운 사랑 시집을 펴내
방구석에 앉아서 떼돈 벌었다는데

"공장에서는 노동자들이
논밭에서는 농부들이
주인 될 수 있는 세상 만들자."고
목이 터져라 외쳐 대던 동지들
강우 우근 여표 상우는
감옥에서 나와
셋방살이에 빚만 잔뜩 늘었는데

여러 빛깔이 번쩍번쩍
눈이 부시다.
겉은 번드레하고
속이 텅 비어 있는 책들을 보면

껍데기가 설쳐 대는 세상
책방에 가면 참말로 눈이 부시다.

시보다 소설보다
더 뜨겁게 살아가는 사람들 생각하면.

반성

그 때는 우리 그랬다.
미국 농산물이 노다지 들어온다기에
농민들 살리자고 모여
노래를 부르고 구호를 외쳤다.

집회가 끝나고
목이 마르면
자동 판매기 구멍에 동전을 넣었다.
덜거덕 종이 잔이 내려오고
따뜻한 커피가 쏟아졌다.

그 때는 우리 그랬다.
커피 한 잔쯤 마신다고
우리 농민들 실망하지 않을 거라고

커피 한 잔쯤 마신다고
우리 농민들 망하지 않을 거라고.

마무리

어쩌랴
하루해 쉬이 넘어가듯
우리 떠나고 나면

사랑하는 이들을 위해
흘려야 할 눈물들
숨기며 아끼며 살다가
우리 떠나고 나면

가까운 이웃들 모여
"그래, 그놈 잘 죽었어.
그렇게 살 바에야 죽기 잘 했어."
이런 말만은 듣지 않아야 하리라.

가까운 이웃들 모여

"참, 아까운 사람이야.
아직 살아서 해야 할 일이
산같이 쌓였는데 벌써 가다니……."
이런 말 몇 마디쯤 듣고 떠나야
서럽지 않으리라.

지금도 늦지 않으리라.
사랑하다가
오늘 죽을지라도.

텔레비전은 무사하다

술 취한 아버지가
밥상 뒤엎는 장면이
텔레비전에 비치고 나서
곳곳에 밥상 뒤엎는 아버지들 늘었다는데
오늘도 텔레비전은 무사하다.

병든 시어머니가
며느리에게 구박받는 장면이
텔레비전에 비치고 나서
깨죽을 먹어도 속이 더부룩한
늙은 시어머니들 늘었다는데
오늘도 텔레비전은 무사하다.

성욕을 참지 못한 젊은 남편이
애기를 가진 아내를 두고

다른 여자와 놀아나는 장면이
텔레비전에 비치고 나서
바람피우는 사내들 늘었다는데
오늘도 텔레비전은 무사하다.

텔레비전에서 보여 주는 삶들이
바로 우리들의 삶이 되는 것은
악몽이다 저주다 천벌이다.

그래도 텔레비전은 무사하다.

비디오를 보면서

사람이 사람을 죽인다.
발로 주먹으로 쇠몽둥이로 칼로
도끼로 총으로 폭탄으로
손발이 잘리고 목이 달아나고
머리통이 깨지고 흔적도 없이
눈 하나 꿈쩍 않고
수십 명 수천 명을 한꺼번에 죽인다.
그러고도
아무도 잡혀가지 않는다.
아무도 심판받지 않는다.

다음 날이면
또다른 살인이 일어날 뿐
아무도 살인자를 처벌하지 않는다.

개들이 짖고 있다

개들은
고향 집 앞마당
허름한 개집에만 있는 것은 아니다.

개들은
공장 사무실 술집 가리지 않고
자본가 똥 냄새 나는 곳이면
때와 장소를 가리지 않고
득실거리고.

개들은
자본가 꽁무니에 찰싹 달라붙어
알랑거리며 똥구멍을 닦아 주고

개들은

오직 제 편안함을 위하여
자본가의 발바닥을 핥으며
먹이를 찾아 짖고

고향 집 똥개는
사람을 살리는 보약으로 쓰이지만
자본가의 개들은
사람을 죽이는 독약으로 쓰인다.

오늘도 개들이 짖고 있다.

아, 대한민국

우리 나라는요
얼굴 예쁜 영화 배우가
텔레비전 광고에 나와
반쯤 옷을 벗고
이삼십 초 생글생글 웃기만 하면
억 정도는 쉽게 쉽게 벌어요.

우리 나라는요
마음 정직한 노동자가
이삼십 년 뼈빠지게 일해도
열 평 아파트 한 채
살까 말까 해요.

우리 나라는요
그래도 좋은 이웃처럼

서로 웃고 잘 지내는
멋진 나라예요.

돈

나는 네놈이 싫다.
부자들 곁에 모여 살기 좋아하는

나는 네놈을 미워한다.
가난한 사람을 몰아치는

내가 네놈과
웃으며 만날 수 있으려면
네놈이
부자들 주머니를 벗어나
가난한 사람들
주머니를 채워 줄 때뿐이다.

그 날이 올 때까지
나는 네놈을 돌같이 보리라.

썩은 돌같이 보리라.

똥에 게

먹은 대로 거짓 없이 쏟아지는
그대는 깨끗하다.

양주 마시고
비싼 창녀와 놀아난 자본가한테서
쏟아진 그대는
매독과 에이즈 균이 득실거리고
썩어 문드러진 정치인과
주둥아리만 놀리는 법관한테서
쏟아진 그대는
더럽고 독한 균이 흘러넘치고
잔업 철야에 지친 노동자한테서
쏟아진 그대는
기름 냄새 땀 냄새 물씬하다.

사람들이 그대를
더럽다고 손가락질해 대고
침을 뱉어도
거짓이 없는 그대는
차라리 깨끗하다.

우리를 기쁘게 하는 것은

동지들
별것 아닐세
우리를 기쁘게 하는 것은

자유 아닌 것들과
싸우다 힘겨울 때
가만히 이야기를 들어주는 것만으로도
싸우다가 무너뜨리지 못할
크나큰 벽 앞에 울고 섰을 때
어깨 한 번 끌어안아 주는 것만으로도
우리는 뜨겁게 번져 오는
동지애를 느끼지 않았던가.

동지들
별것 아닐세

우리를 기쁘게 하는 것은

평수 넓은 아파트도
넉넉하게 모아 둔 적금 통장도
결코 아니지 않았던가.
결코 그것이 아니지 않았던가.

제4부 아내에게

맞선 보던 날

그대
처음 만나던 날

내세울 것 하나 없는
빈털터리 가슴으로
그대 앞에 앉아 있으니
나보다
그대 가슴이
더 아파 보였습니다.

고집투성이 가난한 사내를 만나
평생토록
험한 삶 살아야 할지 모른다는 생각에
내 삶보다
그대 삶이

더 힘겨워 보였습니다.

그대
처음 만나던 날

긴 가뭄 끝에 내린 단비가
땅을 적시고
우리의 야윈 어깨 사이로 스며들어
가슴으로 흘렀습니다.

맞선을 보고, 그 뒤

다방은 언제나
남의 집같이
서먹서먹하다고 말하던 그대

밝은 대낮에 다방에 죽치고 있는
사람들 보면
모두 일 않고 놀고먹는 놈팡이처럼
보인다던 그대

그래서 우린
창동 학문당 책방에서
자주 만났습니다.

두 사람 찻값이면
괜찮은 책 한 권 살 수 있다는

그대의 알뜰함에
놀라는 눈치 보이지 않으려고
능청을 떨던 내 모습이
우습기도 했지만

허풍선이 사내의 가난을
보기 좋게 길들이던 그대 앞에서
내 허물이 하나씩 벗겨지고
나는 그대의 사람으로
그대는 나의 사람으로
포근히 스며들고 있었습니다.

장가 가던 날

꽃가마 타지 않아도
따뜻한 방 한 칸 마련하지 못해도
옷이 수백 벌 된다는 영화 배우 견줄 데 없이
보면 볼수록 아름다운 사람아

입던 옷 깨끗이 빨아
새 옷처럼 갈아입고
신혼 여행 떠날 때
늘 입던 옷이 편하다며
오히려 나를 위로하던
마음 넉넉한 사람아

배부른 사람들이야
미국, 일본, 프랑스로 나돌아 다니며
우리 수십 날 굶고 벌어야

하룻밤 잘 수 있는 호텔방에서
무지무지하게 비싼 개꿈들 꾼다지만

우리야 이웃같이 가까운
부곡 온천 허름한 여관에서
하룻밤을 묵고
고향 마을 아지매 닮은 여관 주인에게
돈 주고 잠자 본 일은 평생 처음이라면서
싱긋이 웃으며 맞이하던
신혼의 첫날 아침

겨울 햇살처럼 눈부시게 아름답고
포근한 사람아.

재형 저축

1
줄일 것도 없는
살림살이
쪼개고 또 쪼개어
재형 저축을 들려니
기쁨보다 서글픔이 앞선다.

저축을 하기 위해
더욱더 허름하게 살아야 할
아내와 자식놈들 때문일까.

빈 살림살이만큼이나
텅 빈 가슴으로
오 년짜리 재형 저축 신청서에
도장을 찍는다.

2
오 년 뒤엔
열 평짜리 아파트라도
마련해 보자고
눈물을 모았다.

삼백만 원 하던 아파트 값이
삼천만 원으로 오를 줄 모르고
어리석게도
참으로 어리석게도
헛된 꿈 하나 이루기 위해
온 식구의 눈물을 모았다.

3
재형 저축 타던 날

이른 아침부터 아내는
주민등록증과 도장을 챙기고 있었다.

처음 만져 보는 큰 돈
소매치기 조심하라고 일러 주면서
빛 바랜 통장을
내 손에 꼬옥 쥐여 주었다.

거의 한 시간을 기다려
별것 아니라는 표정으로
돈을 쑥 내미는 은행 직원에게서
일천만 원짜리 수표 한 장 받아 쥐고
은행 문을 나섰다.

오 년 전 재형 저축 신청서에

도장을 찍던 날처럼
노오란 은행잎이
공단 거리에 마구 흩어지고 있었다.
우리들의 꿈이 흩어지듯

그 때는 아주 작은 꿈 하나 품었지만
오늘은 텅 빈 가슴뿐
눈가에 눈물이 어리었다.
눈물 속으로
가난한 아내의 꿈이 허물어지고 있었다.

아내의 손 1

아내가 밤늦도록 마늘 껍질 벗기며
손톱 밑이 따갑고 눈이 시려
눈물을 쏟을 때
나는 텔레비전을 켜고
서부 영화를 보고 있었다.

아내가 감기 몸살로 식은땀을 흘리며
맵고 짠 갖은양념 내에 시달리고 있을 때
텔레비전 속에서는
보안관이 쏜 권총에
악당들이 하나 둘 쓰러지고 있었다.

그 총 소리에
아내가 쓰러지고
내 양심에 총알이 박히는 줄 모르고

밤 열두 시가 지나도록
나는 서부 영화 속에 푹 빠져 있었다.

아내의 손 2

저녁밥 먹다가
문득 눈에 띈 아내의 손

팔자에 복이 없어
아들만 둘 낳아
평생토록
손에 물 마를 날 없겠다고
웃으며 내밀던 손

하루 여섯 시간 잘 때말고는
밥 짓고 빨래하느라
애들 뒷바라지하느라
살림살이 보탠다고
밤 까고 도라지 까느라
쉴새없이 움직이는 그 손

나이보다
손이 더 늙은 아내.

아내의 손 3

내가 감기 몸살로 드러누웠을 때
꿀물을 끓이고 약을 달이던
그대 따뜻한 손은
언제나 내 가까이 있었다.

그러나 그대가 심한 감기 몸살로
열이 사십 도를 오르내릴 때
나는 그대 곁에 있지 못했다.

내가 곁에 있을 때에도
엄살떤다 놀리거나
핀잔이나 주면서
늘 허수아비로 살아왔다.

참새 새끼 한 마리 쫓지 못하는

어리석고 못난 허수아비로
살을 섞고 살아왔다.

남편이라는 이름으로
하늘도 땅도 되지 못하고.

한여름 밤에

공장에서 밤늦도록 일하고 돌아온 아내는
돌아오자마자 울고 앉았다.
왜 우느냐고 묻지 마라
공장 일이 너무 힘겨워서 울고
공장 안이 너무 더워서 운단다.
공장에서는 남들 보는 눈이 있어서
우는 것도 마음대로 못 울고
집에 와서 실컷 운단다.

창 밖에 소나기 퍼붓고
아내 울음소리 소나기에 파묻혀
한여름 밤은 깊어만 간다.

혼인 10주년

저 작은 덩치로
나를 평생 먹여 살릴 수 있을까 싶었단다.

저 여린 눈빛으로
이 험한 세상 이겨 나갈 수 있을까 싶었단다.

그래도 남자는 여자 하기 달렸지
성질 못된 사내 만나
날마다 티격태격하느니
혼인 첫날부터 꽉 잡아서
내 사랑 만들어야지 싶었단다.

몇 달 살고 보니
어쭈, 좁은 방에서 담배를 피우질 않나
연락도 없이 밤늦게 손님을 데려오질 않나

술 마시고 난 다음 날
늦잠 자고는 오히려 큰소리치지를 않나.

십 년 살고 보니
굵고 단단하고 모난 것들 치이고 시달려
어느 새 서로 닮은 모습을 보고 놀란단다.

하루라도 일하지 않으면 밥맛이 없다는
세상에 한 사람뿐인 내 사랑,

이웃끼리 얼굴 붉으락푸르락하지 않아도
모두 넉넉하게 살아갈 수 있는
세상 만들 것이라며
많은 사람 만나고 헤어지면서도
딴 곳에 한눈팔지 않는 내 사랑,

그 마음 하나 믿고 살아간단다
내 아내는.

아내 덕이다

지금 내가
편안하게 책을 읽는 것은
시 나부랭이나 끌쩍거릴 수 있는 것은
저녁 밥상을 치우고 있는
아내 덕이다.

저녁 밥상을 치우고
어린 자식놈들 이부자리 깔고 있는
아내 덕이다.

아내가 흘린 땀방울이
못난 내 가슴에
시가 되고 사랑이 될 줄이야.
내 나이 서른일곱 살 반이 지나서야
어렴풋이 깨닫는다.

겨울 밤

찬바람 불어 대는 겨울 밤
맞벌이에 지쳐
세상 모르고 잠든 아내를 바라본다.

두 살 아래인 아내가
나보다 대여섯 살은 더 늙어 보인다던
이웃집 순이 엄마 말이
가슴에 와서 박히고

눈가에 입가에
늘어만 가는 아내 주름살 속에
내 못다 한 사랑이 숨어서
잠 못 이루게 한다.

오늘은 내가 울었다

사랑이 어쩌고저쩌고 떠들어 대는
삼류 연속극 보다가도
제 일처럼 울던 아내였는데

이산 가족들 만나 얼싸안고 기뻐할 때에
아침 밥숟가락 들다가도
눈물 떨구던 아내였는데

눈물이 말라 버렸단다
눈물이 말라 버렸어.

날이 갈수록 살림살이 쪼들려
어지간한 일에는 눈물조차
말라 버렸다는 아내를 끌어안고
오늘은 내가 울었다.

우리는

아내와 나는
가끔 이불을 따로 덮고 잔다.

아내가 공장에서
밤늦도록 일하고 돌아온 날
나는 아내를 위해
이불을 따로 펴 준다.
푹 자라고.

내가 공장에서
밤늦도록 일하고 돌아온 날
아내는 나를 위해
이불을 따로 펴 준다.
푹 자라고.

그 때나 지금이나

아내의 소원은
딱 한 가지

집에서 밥상 차려 놓고
일터에서 돌아오는
남편 기다리는 것
학교에서 돌아오는
아이들 기다리는 것

맞벌이 이십 년 동안
고거 한 가지.

유언

— 아내에게

내가 당신보다 먼저
젊은 나이에 죽게 되더라도
나를 위해 울지 마오.
어린 자식놈들과 힘겹게 살아야 할
당신을 위해 눈물을 아껴 두오.

남기고 갈 것이라고는
손때 묻은 장롱과 반쯤 찌그러진 책상
지나온 내 삶이 묻어 있는 낡은 책들
외롭고 힘겨운 삶 속에서도
나를 늘 기쁨으로 살게 했던
모서리 닳은 성서 한 권
그뿐이오, 아무것도 없소.

뒷날 자식놈들 자라서

못난 이 아비의 삶을 묻거들랑
내가 뿌린 말의 부피만큼
내가 남긴 글의 무게만큼
정직하게 살기 위해 애썼다고 말해 주오.

내가 나를 사랑하듯
당신이 나를 사랑하듯
진정 당신을 사랑하오.

아내의 유언

여보, 언젠가 내가
위암이든 간암이든
암에 걸리게 되더라도
병원에 데려갈 생각일랑 하지 말아요.
헌책방 하던
순이네 엄마 보세요.
침대 팔고 피아노 팔고
집까지 팔아
병원 다녔지만
결국
며칠 전에 죽었잖아요.
하기야 우리는 팔 집도 없지만
어쨌든 당신은 애들 키우며
앞으로 살아갈 생각만 하세요.
괜스레 나 때문에

집안 쓰러지는 꼴 보고 싶지 않아요.

엉터리 시인

시를 쓴다고
모두 시인은 아닙니다.

시를 쓰지 않아도
아내는 시인입니다.

이른 아침부터
잠자리 늘 때까지
잠시도 쉬지 않고 일하는
아내의 삶이 시가 되어
온 식구들을 기쁘게 하니
아내는 시인입니다.

아내에 견주면
저는 늘 엉터리 시인입니다.

제5부 아들에게

편지 한 장

우리 어머니
아직도
그 편지 한 장 버리지 않았다.

찢어지게 가난한 시집살이
떨쳐 버리고 싶다고 보내 온
큰누님의 편지 한 장

우리 어머니
눈물로 얼룩진 편지를 보고
"똥 잘 누는 년이
무어 고되다고 야단이냐." 더니
밤새 뒤척이셨다.

우리 어머니

십 년 지난 지금도
그 편지 한 장 버리지 않았다.

어머니

해지는 들녘을 바라보면
기다림이 무언지 안다.
기다림 뒤에 오는
슬픔과 눈물이 무언지 안다.

어린 시절
고샅에 어둠이 깔리면
고된 논밭일에 지쳐
쓰러질 듯 돌아오시던 어머니

어머니를 기다리던
들녘에 서서
어머니를 불러 본다.

어머니를 부르다

나도 모르게
목이 잠긴다.

우리 고향은

그 때는
아홉 살 나이에도
어머니를 돕느라
우물가에서 두레박질을 했다.

마을 아주머니들 그 곳에 모여
대나무집 순덕이 시집 가는 날이 어쩌고
개똥이 아버지 논일하다 쓰러졌다고 어쩌고
정님이네 모심는 날
두렛일 하자고 어쩌고저쩌고
마을 집집마다 생긴
궂은 일 좋은 일 서로 나누는 소리 들으며
두레박질을 했다.

반찬 없어도

여름이면 그 물로 밥 말아 먹고
기지개 한 번 켜고 나면
온몸에 힘이 솟았다.

지금 고향 마을 우물가엔
두레박은 간데없고
팔자 늘어진 놈들 버리고 간
썩지도 않는 쓰레기만 그득하고
산바람 불어 와 등줄기 씻어 내리던 뒷산엔
골프 치러 온 사장님, 사모님들 타고 온
외제 자가용만 북적댄다.

그 꼬락서니 바라보고
늙은이 몇 두렁길에 앉아
힘에 부친 농사일에 지쳐

줄담배만 피워 댄다.

이제 우리 고향 마을은
빈 집으로 썰렁하고
공장으로 술집으로 팔려 나간
형들 누나들 친구들 아우들은
밥이나 마음 편케 먹고들 사는지.

이사 가던 날

"영교야,
우리 다음 주에 봉곡동으로
이사 가야 돼.
너 학교도 옮겨야 될 거야……."

자식놈의 눈치를 살피며
조심스레 말하는
아내

"또 이사 가요?
이제 겨우 친구들이랑
친해졌는데……
이사 안 가면 안 돼요?"

잔뜩 부은 얼굴로

무뚝뚝하게 말하는
아들놈

가난한 에미 애비 탓에
벌써 초등 학교를 네 번째 쫓겨다니는
아들놈 생각하면
나는 죄인이 된다.

다음 해에는

초등 학교 들자마자
책상을 사 내라
조르는 아들놈

다리 뻗고 누울 방도 없는데…….

2학년이 되면 사 주마.
3학년이 되면 사 주마.
해가 바뀔 때마다
약속을 하고 또 하고

무엇보다 약속을 잘 지켜야 한다
가르치던 내가

지키지 못할 약속을 해마다 하며

내 가슴에 못을 박는다.

내가 사는 곳

한 마리 천 원 하던 고등어가
한 마리 오백 원으로 값이 떨어지면
집집마다 고등어 굽는 냄새.
화장실 문을 열면
아랫집 고등어 굽는 냄새.
베란다 문을 열면
옆집 고등어 굽는 냄새.
잦은 비로 참외 값이 내렸다는 소문이 나면
집집마다 노란 참외 냄새.
갓 이사 와서 일층에서 오층까지
같은 통로에 있는 사람들 모여
부침개라도 나눠 먹고 싶다는 아내가
우리 통로는 다 맞벌이하는지
문 두드려도 기척이 없다는 곳.
가끔 누가 갖다 두었는지 문 앞에 떡이 있는 날은

아, 누가 또 이사 가고 이사 왔구나
생각하면 딱 맞는 곳.
늦은 밤에 덜덜거리는 고물 세탁기를 돌리고
손님 찾아와서 웃고 노래하고 떠들어도
어지간히 시끄러운 소리는 가슴에 묻고
서로서로 맘 알아주고 사는 곳.
해가 뜨면 잔디밭엔 민들레가 피고
노란 민들레 닮은 아이들은
이른 아침부터 까닭도 모른 채
6박 7일 삼백 원에 빌려 준다는 빅뱅 비디오 가게 앞에
제비 새끼처럼 줄지어 서서
놀이방 유아원 유치원 버스들을 기다리는 곳.
해가 지면 먹다 버린 음료수 캔 몇 개가
길거리를 헤매고

오락실 안에는 내 덩치보다 더 큰 중학생들이
해지는 줄 모르고 앉아서 총칼을 휘두르는 곳.
아파트 쌀집 옆엔 바쁜 사람들의 눈길을 기다리며
하루도 빠짐없이 빨간 분꽃이 피고
그 사이로 도둑고양이 어슬렁거리는 곳.

마산에서 창원으로 창원에서 진주로
진주에서 삼천포로
삼천포에서 다시 진주로 진주에서 다시 창원으로
우리 식구가 여덟 번째 이사 와서 사는 곳.
주공 아파트 108동 403호.

아들에게 1

아들아
너를 보면 내 가난이 쓰라리다.
혼자였을 때는 모든 것이
혼자였는데……
너를 만나고 내 삶은
네 삶이 되었다.
너와 함께 해가 뜨고
너와 함께 눈이 내리는
내 삶은 네 삶이 되었다.

아들아
너를 보면 내 가난이 쓰라리다.
돈으로 행복을 사고 파는 세상에
남들만큼 행복을 사 주지 못한
아비의 빈손으로 너를 보면

고된 땀의 대가도 없이
몸살을 앓는다.

아들아
생전에 남 등쳐먹고 사는 기술
배우지 못한
욕심 없는 아비를 원망하겠느냐
거짓과 허욕으로 가득 찬
배부른 아비를 받아들이겠느냐.

아들아
너를 보면
힘겨운 삶 속에서도
살아나는 나를 본다.
기쁨으로, 때론 슬픔으로 살아서

어느 누구에게도
빼앗길 수 없는 너에 대한 사랑으로
내 가난을 채운다.
내 빈 가슴을 가득 채운다.

아들에게 2

아들아
아비의 손을 보아라.
마디마다, 지문 속까지
기계 기름에 얼룩진 손이란다.

예전에는
아비 스스로
이 손이 싫어서
남에게 드러내기를
싫어했단다.

내 손을 보면
까무잡잡한 농촌 아가씨마저
얼굴을 돌리고
사람 대접 한 번 받지 못했단다.

아들아
아비의 손을 보아라.
이제는
이 손이 자랑스러워
남에게 드러내기를
즐긴단다.

노동자의 손이
세상을 움직인다는 것을
알고, 실천하고부터란다.

아들아
가난하지만 티끌 없는
아비의 손을 보아라.

늘 옳은 일에 주리고
마음만 먹으면
못 할 일이 없는
힘있는 손이란다.

아비의 손을 부끄러워 말아라.
사랑하는 내 아들아.

아들에게 3

아들아
동전 주고 버스 타지 말아라.
차표 팔아
남는 이익금으로
살아가는 사람들
어떻게 사는지
생각해 보아라.

아들에게 4

아들아
이런 꿈만은 꾸지 말아라.
이 아비 땀 흘려 모은 재산이 있더라도
네가 이어받을 생각일랑 말아라.
(그런 일이 있을까마는……)
그 재산은
아비 것도, 네 것도 아니란다.
아비보다
더 정직하게
더 땀 흘려 일하고도
아무것도 가진 게 없는 사람들 몫이란다.

아버지와 아들

바쁜 일 있으면 허둥거리는 것도
학교에 걸어가면서 동화책 읽는 것도
미역국 콩나물국 좋아하는 것도
조금만 피곤하면 변비 생기는 것도
뒷간에 앉아 만화책 보는 것도
그 날 일 그 날 하지 않으면
큰일날 것처럼 야단스러운 것도
아침에 일어나면 신문 뒤적거리는 것도
다 닮았다, 내 아들은
모기에게 물려 가려우면
참지 못하고 긁어 대는 것까지도

그러나 꼭 한 가지
닮지 말았으면 하는 것은
시장 바닥에서 가장 싼

미역을 좋아하는 것이란다.

어린 시절
배가 고파 생미역을 씹어먹고
학교를 가던 옛 생각이 떠올라
이 애비는 가슴 아프단다.

아들아
네가 자라 어른이 되면
일하지 않고는 밥 먹지 말아라.
이것까지 이 애비를 닮으면
다 닮는 것이란다.

누이

팔 다리 저리고 아프다는 할머니
하루 내내 주물러 드리다
팔 다리 저리고 아픈 우리 누이는

아파 봐야 아픈 사람 마음 안다고
부모가 버린 자식이든
자식이 버린 부모든
불러만 주면, 병원이고 집이고
가리지 않고 찾아가서
가래 침 똥오줌 들
받아 내고 닦아 내고 씻어 내고

집으로 돌아오는 버스 안에서
내려야 할 곳도 잊은 채
꾸벅꾸벅 졸다가,

버스 종점까지 갔다가
다시 돌아왔다는
우리 누이는 간병인이다.

유언
— 아들에게

아들아
여태껏 내 삶에 지쳐
아픈 이웃들 돌볼 새 없이 살았으니
남기고 떠날 이름 석 자조차 부끄럽구나.

내 마지막 그 날에
병들고 시든 몸뚱어리
무어 쓸모가 있으랴마는
간이든 콩팥이든 눈이든
꼭 필요한 사람이 있다면
기꺼이 주고 떠나련다.

모두 주고 더 줄 것이 없으면
고된 삶에 허우적거리다가 병든
마음 좋은 사람들의 새 삶을 위해

의학 실험용으로 쓰게 하고
아무짝에도 쓸모 없게 되거들랑
불에 살라
내 어릴 때 뛰어놀던 뒷동산에
재라도 뿌려 주려무나.

살아서 베풀지 못한 내 사랑은
죽어서나 이루어질까.

세상 슬픈 일들이야
곧 잊고 살더라도
이 못난 아비 부탁만은 잊지 말아다오.

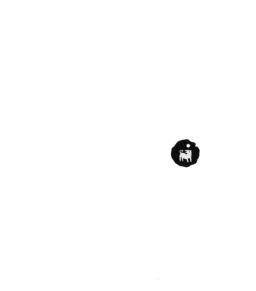

■추 천 하 는 말■

진실한 삶에서 물처럼 흘러나온 시

서정홍 시인을 처음 만난 것은 3년쯤 전이다. 2000년 7월 여름에 대구작가회의에서 '젊은 작가와의 만남'을 가졌는데 대구의 후배 시인들이, 그 때 몇몇 젊은이들과 덕유산 아래에 들어가 농사를 짓고 있던 서정홍 시인을 초청했다. 시인은 생활 한복을 걸치고 밭에서 방금 나온 듯한 모습으로 도회지에 나타났다. 첫눈에도 참 시원시원하고 선량한 시골 사람처럼 보였다.

이야기를 하는 시인의 입에서 흙내와 땀내에 물씬 절어 있는 말들이 거침없이 쏟아져 나왔다. 나도 이미 몇 년 전부터 고향에 돌아와 텃밭깨나 일

구면서 학교에서 '아이들 농사'를 부지런히 짓고 있었던 터라, 서정홍 시인과 나는 어쩌면 '한통속'일지도 모른다는 생각이 들었다. 무엇보다 시와 시인의 관계에 대해 말하는 것을 듣고는 시인에 대한 믿음이 더 커졌다.

  "시를 쓰는 사람은 시를 쓰기 전에 삶이 떳떳해야 한다는 생각이 들었다. 가장 낮은 곳에서, 내가 아니면 아무도 거들떠보지 않는 곳에서, 땀 흘려 일하고 당당하게 밥 한 그릇 비울 줄 알아야 시를 쓰지 않겠는가. …… 시를 쓰지 않고도 시인보다 더 좋은 사람을 만나면, '그래, 이분이 바로 시인이다.' 하는 생각이 들 때가 많지 않던가. …… 내 보잘것없는 시를 읽고 누군가 '아, 어찌 이리도 내 마음하고 똑같을까,' 하면서 함께 웃고 울어 주는 사람이 있으면 된다. 그런 사람이 이 세상에 한 사람이라도 있다면 나는 시 쓰기를 멈추지 않을 것이다."

　얼마나 든든하고 단순 소박하면서 믿음직한가. 시와 사람, 역사에 대한 사랑과 믿음을 갖지 않은 사람의 입에서는 쉽게 나올 수 없는 말들이다. '삶을 위한 시'란 이런 것이 아닐까? 언제 읽어도 가슴에 큰 울림으로 와 닿는 서정홍 시인의 시의 비밀은 이 몇 마디 말에 다 녹아 있다. 시의 힘은 이처럼 진실한 삶에서 자연스럽게 물처럼 넘쳐서 흘러나오게 된다.

　아들아 / 네가 자라 어른이 되면 / 일하지 않고는 밥 먹지 말아라. / 이것까지 이 애비를 닮으면 / 다 닮는 것이란다.

– '아버지와 아들'에서

별다른 설명이 필요 없고, 한 번 읽기만 해도 그 시의 정서가 온몸으로 전해오는 시, 그러면서 느낌이든 생각이든 무엇인가 가슴에 고이는 시, 그것이 바로 서정홍 시인의 시다. 온갖 잡다한 '말의 옷'으로 치장한 '알맹이 없는 시'를 억지로 읽으면서 시를 싫어하게 된 요즘 아이들도 서정홍 시인의 시는 좋다고 했다. 우리 아이들은 '사람을 위한 시', '삶을 위한 시'가 좋은 시라는 것을 벌써 알고 있었던 것이다.

내가 가르친 아이들은 그이의 시 가운데서도 '우리말 사랑 4', '다음 해에는', '유언—아들에게', '아내의 손' 들을 꼽았다. 말을 빙빙 돌리지 않고 곧바로 진실을 파고 들어가는, 간결하고 명징한 생활시의 묘미가 아이들의 마음을 사로잡았던 것이다. 서정홍 시인의 시에는 가난에 부대끼는 삶

가운데 서로를 감싸고 아껴 주는 따뜻한 '정'이 있다.

> 초등 학교 들자마자 / 책상을 사 내라 / 조르는 아들 놈 // 다리 뻗고 누울 방도 없는데…… // 2학년이 되면 사 주마. / 3학년이 되면 사 주마. / 해가 바뀔 때마다 / 약속을 하고 또 하고
>
> — '다음 해에는' 에서

이렇게 시집 《58년 개띠》에는 누구에게나 무리 없이 술술 읽히는 시들이 많다. 시인이 '우리말 사랑' 연작에서 노래한 대로, 결이 고운 우리말을 살려 쓴 이 시집은 '아름다운 모국어의 집'이다. 쉬운 말로 감동스런 삶을 그대로 전해 주는 시는 아무나 쓸 수 있는 것이 아니다.

참으로 좋은 시는 누구든 공감하게 만드는 힘을 지니고 있다. 서정홍 시인의 시 또한 그런 장점을 가지고 있다. 시를 읽고 감동을 받아, '나도 이런 시를 써 보아야겠다.'는 생각을 불러일으키는 힘을 지니고 있다는 말이다. 이해와 감동을 넘어 시를 자기 삶으로 끌어들이게 되는 순간이 바로 이때다.

시 속에 담긴 좋은 삶, 좋은 생각은 읽는 이들에게도 좋은 삶, 좋은 생각으로 확대될 수 있다. 시인과 독자가 만나는 데 그보다 더 행복한 만남이 어디 있겠는가.

땅 한 평 방 한 칸 물려주지 않고 / 돌아가신 우리 어머니 아버지 덕에 / 가난한 이웃들과 땀 흘려 일하고 / 즐겁게 밥을 나누어 먹을 줄 알고 / 밤새도록 마

음 나눌 줄 알고 / …… // 무엇보다 사람 귀한 줄 알
고.

– '못난이 철학 3' 에서

시인 서정홍은 누구보다 '사람 귀한 줄' 아는
사람이다. 그것을 삶의 철학으로 삼고 아들에게
도 물려주고 싶어한다. 또한 서정홍 시인은 가난
을 두려워하지 않는 사람이다. 가난한 노동자로
살아 온 덕분에 '이웃과 땀 흘려 일' 하면서 '나누
어' 사는 법을 익히게 된 것을 다행으로 여기는
'참시인' 이다.

나는 그이가 노동자이기 때문에 노동자라는 사
실을 떳떳이 노래하고 있기 때문에 좋아하는 것
이 아니라, 가난한 삶 속에서 건져 올린 '못난이
철학' 을 지니고 있기 때문에 좋아한다. 그의 시

군데군데서 발견되는 고통이나 아픔조차 따뜻한 감동으로 다가오는 까닭도 여기에 있다.

세월의 풍화 작용을 이기고 다시 출간되는 이 시집이, 많은 사람들에게 새로움으로 다가가기를 기대한다. 시집이 나오면 언제 서정홍 시인과 같이 막걸리 한 잔 나누고 싶은 마음 간절하다.

2003년 4월

배창환(시인, 교사)

58년 개띠 고침판

1995년 9월 30일 초판 1쇄 펴냄
2003년 5월 20일 고침판 1쇄 펴냄
2019년 11월 12일 고침판 8쇄 펴냄

글쓴이 서정홍

편집 신옥희, 남우희, 윤은주, 김은주, 심명숙
디자인 윤용태
제작 심준엽
영업 안명선, 양병희, 최민용 | **잡지 영업** 이옥한, 정영지 | **새사업팀** 조서연
대외 협력 신종호, 조병범 | **경영 지원** 임혜정, 한선희

인쇄와 제본 (주)천일문화사

펴낸이 유문숙
펴낸곳 (주)도서출판 보리 | **출판등록** 1991년 8월 6일 제 9-279호
주소 경기도 파주시 직지길 492 우편 번호 10881
전화 (031)955-3535 | **전송** (031)950-9501
누리집 www.boribook.com | **전자우편** bori@boribook.com

값 9,000원
ISBN 89-8428- 170-0 03810